KB098230

# 물토란이 자라는 동안

J.H CLASSIC 067

# 물토란이 자라는 동안

주영만 시집

지혜

# 시인의 말

아무런 흔적도 남기고 싶지 않았다 눈 감고 귀 막고 그렇게……, 한 해가 두 해가 되고 그렇게 그렇게……, 그저 흘러가면서 그렇게 그렇게 그렇게……, 그러나 묵정밭에서는 풀덤불, 가시덤불만 무성하다 스러지다를 반복했다

2021년 2월

주영만

차례

## 2부 서산마루에 서다

## 3부 가을을 닮다

• 일러두기
한 연이 첫 번째 행에서 시작될 때는 > 로 표시합니다.

# 1부

# 물토란이 자라는 동안

# 물토란이 자라는 동안

물토란이 새순 돋아 봄 햇볕을 흠뻑 흡입하며 자라는 동안,

그는 줄곧 그 항일성向日性의 무게에 대하여 생각한다

가벼움이여

허공으로 가늘고 길게 뻗은 몇 개의 줄기 꼭대기마다 한 개의 입술 모양의 잎을 햇볕 속으로 떠받치듯 밀어올린 물토란은 그 잘록한 허리가 요염하게 휘어진 채 풍경風景이 되어도 이제는 더 이상 이 세상 어디에도 그는 없다

# 사선斜線에서

헤어진 후 뒤돌아서 가는 뒷모습,

속이 텅 빈 오후의 끝자락 같다 한 줄기 바람처럼 다시 길 떠나는 그 그림자는 길고 차마 풀어놓지 못한 너의 표정表情들이 이제야 보인다

바깥에는 가닿았는지?

# 열대야熱帶夜

밤이 깊어도 신열은 식지 않았다

선풍기는 목이 부러져도
고개를 연신 좌우로 돌리는 것을 멈추지 않았다

허무 때문이라고 했다

뭉텅뭉텅 뜨거운 바람이 눈물겹다

멀리 어둠 속 고층 아파트의 몇몇 구멍에서는
불빛들이 아직도 샛눈을 뜨고 있었다

허무는 견디는 것이라고 했다

나는 쓸쓸한 나의 폐허에 대하여 생각한다

겨우 잠들었다가 자꾸 깨고
겨우 잠들었다가 자꾸 깨고

지구도 허무를 견디는 중이라고 했다

# 여여如如하다

하루를 방바닥에 들어붙어 뒹굴며 지냈다

폭염이 안방까지 밀고 들어와도
한 박자 늦게 깨닫고 한 박자 늦게 후회하는 것조차 잊었다

그런대로,

우연이 우연인 것처럼,

저물 무렵에는 한 무리의 들쥐 가족이 재재바르게 들판을 가로지르고 가는 것처럼 지나는 차들도 끊긴, 신호등만 저 혼자 깜빡이는 창밖 네거리의 횡단보도를 유모차를 끌고 서둘러 건너가는 젊은 부부를 멀뚱 게으르게 턱을 괴고 쳐다보았다

생각이 생각으로 되기 이전에는,

여여如如하시지요?

# 지는 해

해가 지고 있다
아주 멀리 보이는 서쪽 희미한 겨울 숲으로

오늘도 하루는 기울었다

잘 지냈느냐?라고
덩그러니
혼자 무심코 내어놓은 말처럼

흐린 웃음처럼

이제 막 돌아온 여행자旅行者처럼

앙상한 겨울나무 사이의 빈 하늘에

고개는 잔뜩 뒤로 젖히고

# 달빛과 풀벌레 소리

한 여름밤,
수덕사 일주문 근처에는 달빛이 한가득 내려앉아 있네요

사방에서 풀잎마다 풀벌레 소리가 온통 하얗게 반짝거리네요

가늘고 먼 그대의 기억들이 찌르르 찌르르 되살아나네요

가만히 귀를 기울이다가 먼 그대에게 나직이 말을 건네면 순식간에 사방은 조용, 날카로운 아픔이 정적靜寂처럼 서 있기도 하네요

마침내 한바탕 출렁인다고 할까

밤이 깊어가면서
달빛과 풀벌레 소리는 파도처럼 그렁그렁 넘실거리더니

수천 년 만에 처음으로 봉인封印이 해제된 무덤 속에서처럼 그대는 깊숙이 은밀하게 감추어놓은 작고 여리디여린 심장을 내보이고 있네요

# 어둠의 중심

— 시詩

검은색 실이 안 보이기 시작할 때부터 어둠이라는 말을 들은 적이 있다 아파트 실내 안쪽에 가만히 들어앉아 있는 주방, 그 앞의 식탁과 가지런히 정돈되어 있는 식탁의 의자들, 그리고 어스름한 흑백사진처럼 다리를 길게 뻗고 누워있는 거실의 소파가 윤곽을 잃어가기 시작하고 빛의 알갱이들이 점점 더 저 멀리 밀려가면 부르지 않고 바라지도 않아도 나도 모르는 낯 선 곳까지 헤매다가 집으로 돌아와 깃드는 것처럼 어둠은 스며들어 아스라이 잠기고 결국 검은색 실은 보이지 않는다

어둠은 어둠을 부르고 앙상한 가지로 서 있는 창밖의 겨울나무들도, 그 겨울나무들을 오가며 햇빛처럼 눈부시게 반짝이던 한낮의 새소리도, 스산한 풍경을 온몸으로 떠안고 무표정하게 떠나가는 겨울바람도 이제는 스며든 어둠으로 어둠이 된다 그리하여 어둠은 또다시 어둠으로 이름 지워지고 어둠은 어둠으로 점점 더 깊어간다 그런 어둠의 깊은 내면內面에는 영원처럼 텅 빈 그 무엇이 있기도 하지만 결국은 어느 순간인가 깊은 어둠 속 내면의 속살이, 그 젖은 속살이 밀물처럼 일렁이며 몰려온다고 할까? 밤하늘에 들어박힌 무수한 별들이 그랬었던 것처럼 이것을 또 다른 망각忘却이라고 할까? 혹은 거룩하다고 할까?

>

그 어둠의 중심에는 한 송이 꽃으로 피어나려 했었던 별똥별의 서러운 전설이 있었다

# 누이

그날은
비가 묵화墨畫처럼 내렸었네
물안개 속을 그림자처럼 누이는 떠나갔었네
오랜만에 온 친정을 공기空氣라고 여기면서도
속없는 것처럼 행여 흐릿한 속엣말들은 미루어놓고
달덩이처럼 환하게 품어주고는
아쉽게 기우뚱 흔들리듯
아득하게 멀어져 가던 뒷모습
뒤쫓아가는 나의 우산에는 빗방울들이 터졌었네

오늘은
밤이 속이 텅 빈 나무처럼 깊어가네
서러운 눈물처럼 후회後悔들이 밀려오네
세월은 세월이라는데
하루는 하루라는데
저 멀리 어둠 속에서는
조그만 불빛처럼
아득하게 멀어져 가는 그 누이가
뒤돌아보며 조촐하게 웃네

# 깜빡 잠

한가한 여름낮
그늘에 누워 아무 생각 없이 하늘을 쳐다보다가
아주 잠깐 깜빡 잠이 다녀갔다

바람결이란다

달도 별도 작은 불빛조차도 하나 없는 꽉 찬 어둠이었다

맑고 개운해졌다

한 송이 꽃이 피었다가 지는
무궁無窮으로 가는 길이려니,

## 조율調律

강물은 찰랑찰랑 흔들리는군

바람은 지나갈 듯 말 듯 하다가 그냥 그 자리에 서 있는군

혼자 중얼거리는군

오래 서 있어도 허리는 아프지 않는군

그래도 그대와 나 사이의 거리는 팽팽하게 좁혀지지 않는군

그러나 강물은 흐르지만 흘러넘치지 않게

그러나 바람은 혼자 서 있어도 외롭지 않게

밖으로 뛰쳐나가지 않는 기타 음音처럼

'그렇지'라고 느낄 때까지

소나기가 온 뒤 나뭇잎에 맺힌 물방울이 이제 막 떨어질 때까지

>

숨을 한 번 또 한 번 깊게 들이마시고

마음이 자꾸 안으로 안으로 기어들어가는군

## 혼자서 가네

그저 메말라가네 당신의 오랜 병상病床에 스며든 어둠의 알갱이처럼, 뒤뜰에서 소리 없이 낮게 이는 바람처럼, 시간마저도 길을 잃어버린 얼굴처럼, 놓을 듯 말 듯 희미하고 가늘게 멀어져가는 숨결처럼, 사물처럼,

잊고 있었던 기억들조차 낡은 베갯잇에 무늬 지어진 幸福이란 글씨 위에 오래된 눈물자국처럼 떡진 채 찌들어 있고, 혹은 메마르고 메말라서 한 줌 먼지가 되어 날아갈 때까지 가벼워지면 이제 이 세상으로 처음 나올 때의 안간힘을 다해 빠져나왔던 그 좁은 구멍* 속으로, 그 좁은 구멍 속으로 당신은 다시 들어가네

그 좁은 구멍 속의 칠흑 같은 어둠, 그리고 무중력無重力!

마침내 형식도 내용도 소리도 없이 먼지처럼 둥둥 떠다니는 바짝 마른 당신의 웃음을 보여다오

* 톨스토이의 소설『이반 일리치의 죽음』에서도 '구멍'을 묘사한 바 있음.

# 빈집

빈집으로 돌아왔다

침묵으로 사그라들던 오후와 희미하고 해묵은 햇볕의 온기溫氣가 아직은 방 한쪽에 남아 있었다

누워서, 흐르는 강물처럼 누워서

그는 해가 기우는 것처럼 간단한 한 획劃으로 저물어 갔었다

바람 타고 흩날리는, 어지럽게 흩날리는

그 한 획劃의 곡조曲調,

## 모색摸索 1

9월
너무 오랜만에
올려다 본
하늘
얼마나 긴긴 여름이었던가
맑은 햇살
소슬한 바람
가볍게 가볍게 흔들리는
나뭇잎들의
투명한
영혼의 깊이
그 위
점점 더 넓게 퍼져가는
파아란 하늘에
떠 있는
구름

# 모색摸索 2

호수 위로 뻗은 나뭇가지 끝에 내려앉은
고추잠자리 한 마리
물끄러미
호수를 들여다보네
물의 길을 따라
물의 안쪽으로
햇볕은 천천히 걸어 들어가네
가을 하늘의 고요는 천천히 걸어 들어가네
물의 속살처럼
영롱하게 바닥에 가라앉아 있는
돌멩이들
어른어른 한번 또 한번 부드럽게 흔들리네
오후는 3시와 4시 사이로 들어가네

# 모색摸索 3

흰나비 한 마리가 키 작은 나무 위를 날고 있다
무슨 생각인지
잠시 내려앉았다가 또다시 날고 있다
흰 날개가 펄럭일 때마다
또 하나의 내면內面처럼 나뭇잎들이 눈부시게 반짝거렸다
근처 다른 나무 위로 건너갈 때에는
울퉁불퉁한 비포장도로를 서둘러 가는 차 안에서처럼
허공을 날아가는 흰나비의 몸이
아찔하게 상하좌우로 심하게 요동쳐도
언제나 그렇듯
결코 추락하지 않았다
대신 파란 가을 하늘이 반으로 접혔다 펴졌다 했다

## 모색摸索 4

그림자를 걷어내고
축축한 나뭇가지를 말리던 11월의 나무는
잎들이 거의 다 떨어져 나가고
앙상한 가지에는 햇빛이 내려와 들어찼다
잎들이 있었던 자리마다
먼 기억처럼
아직은 엷은 자줏빛 잔상殘像들이 감돌고 있고
정수리 아래에서는
주인이 떠나간 빈 까치집이 푸른 하늘을 받쳐들고 있다
목덜미를 휘감던 바람은
겨울로 가는 길에
지상에서 가볍게 들썩이는 낙엽들 사이에 잠시 멈추었다
순간, 고요하다
이제껏 서두르지 않았던 잎새 하나가
제 무게를 이기지 못하고
가장 오래된 생각인 듯
신神의 뜻인 듯
허공 속으로 떨어져 내리고 있다

# 모색摸索 5

빈 들판 위를 지나
저 멀리 잔뜩 찌푸린 서쪽 하늘로
점, 점, 점, 점 ……
아득히, 그러나 일사불란하게
멀어져 가는
새들
뒤이어 어스름이 몰려오고
앙상한 뼈대마저 어둠에 잠겨버리는
겨울나무들
이齒가 하얗게 시리고
눈眼은 맑아지고
밤 깊도록 성근 눈발이 흩날리면
어둠 속에서
잔별처럼 잠시 반짝이는 기억의 무게는 얼마나 가벼운가
바람처럼 이곳저곳을 서성이는

## 모색摸索 6

오늘 아침에는 새 한 마리가 고층 아파트 6층 내 방 창틀에 앉아 무어라 말하는 듯 지저귀며 나의 잠을 깨웠었네 약간 동실하게 살이 오른 하얀 배를 드러낸 조그만 새였었네 낯 설고 요상한 듯 방 안의 나를, 할배 탈바가지를 멀뚱거리며 한참을 쳐다보더니 나와 눈을 마주친 후에는 흠칫 놀라 고개를 돌리더니 창밖 먼 곳으로 날아갔었네 그곳에는 가늘고 긴 뼈대를 드러낸 겨울 나뭇가지 사이로 맑고 푸른 하늘이 있었고 눈부신 아침 햇살이 쏟아져 내리고 있었네 나는 잠이 덜 깬 채, 몽유夢遊처럼 주섬주섬 옷을 걸치고 밖으로 나가 바람이 되었네 천천히 흐르는 듯 걷다가 쉬고, 걷다가 쉬고 하면서 가는데 갑자기 눈앞 먼발치에서 희끗—, 보일 듯 말 듯 소리도 없이 무언가 잠시 어른거리다 사라졌었네 나는 홀린 듯 그것을 뒤쫓아 갔었네 사라졌다 싶어 뒤쫓기를 포기하려고 하면 희끗—, 또 나타나고 그렇게 길모퉁이를 돌고 또 돌아 뒤쫓아 가도 거리에는 아무것도 없이 막막하게 텅 비어 있었네 그것이 무엇인지 여전히 알 수 없는 나는 조바심 나기 시작했었네 그것은 희끗—, 희끗—, 보일 듯 보일 듯하다가 다시 뒤쫓아 가 보면 아무것도 없는 것을 이제는 대놓고 의도적으로 장난치 듯 반복하는 것이 나를 점점 더 조바심 나게 하고 나의 걸음은 조금씩 점점 더 빨라지기 시작했었네 그것은 나를 아파트 단지를 지나 뒷산에 올라가게 했었네 결국, 나는 단걸음에 뒷산 꼭대기에까지 다다랐지만 그곳에도 아무것도 없었네 나는 가쁜 숨을 몰아쉬면서 고개를 들어 허탈하게 하늘을 우러러보고는 눈을 지그시 감고 간절한 소망을 가슴에 품 듯이, 기도하듯이 너무 투명해서 시린 그 푸른 겨울 하늘을 크게 한번 끌어안았었네 그때, 몇 발자국 떨어진 근처 나무에서 새의 울음소리가 들리기 시작했었네 다시 눈을 뜨고 그쪽의 새를 보니 내 방 창틀에 앉아있었던 그 작은 새가 분명했었네 그 작은 새를 자세히 들여다보니 그것은 오! 동실한 엉덩이를 드러낸 채 아버지 하얀 고무신으로 우물가에서 천진스럽게 웃으며 물장난하던 다섯 살 그 사내아이였었네

## 모색摸索 7

겨울비가 내리는 호수공원
가문비나무 한 그루에
근처 참새들이 모두 모인 듯 나무 전체가 와글와글
그 속으로 끼어들겠다고
머리를 들이밀은 지 몇 해인가
호수의 물안개도 와글와글
지나온 세월도 와글와글
이제는 무릎 나온 바지처럼 헤지고 헐렁해지고
'이제 그만이면' 싶지만
아직도 참새들은 서너 마리씩 하얀 배를 내보이며
어리둥절 정신없이
그 나무 안팎을 들랑거리며 와글와글
혹은, 겨울비를 쫄딱 맞으며 옹기종기 나뭇가지 위에
까만 눈들이 모여앉아 와글와글
그 맑은 슬픔들이 와글와글

지상에서는
겨울비, 그 빗방울들이 터지며 와글와글

# 모색摸索 8

— 물이 오른다는 것

물렁물렁하다고 할 수밖에
그러나 그냥 싱겁지 않고
조금씩 조금씩 점점 더 커지는
바람이었을까
햇살이었을까
급하지 않지만 밑바닥에는 낮고 가는 호흡이 있어
끊어질 수도 있었겠지만
용케 눌려지지 않고
차오르는
그리움인가
더딘 기억들이 되돌아오는 것인가
폐허廢墟 이후,
초봄의 빈 나뭇가지가 그러하듯이
낮고 부드러운 슬픔의 그 황홀恍惚이 그러하듯이

# 모색摸索 9

— 우리는 그냥 말없이 웃었다

시냇물 속 그늘진 바닥에 오래 가라앉아 있는

수초水草 사이에서는 푸른 꿈을 키우는

꺼내 햇볕에 널어 말려도 말려지지 않는

길은 찾았으나 차마 알을 슬지 못하는

멀어도 너무 멀어 흐르는 물에 몸을 맡기기도 하는

따라 흘러간다면 흔들리며 다시 삼키는

동구洞口 밖 개여울에서는 급하게 휘몰아치는

터진 둑처럼 흘러흘러 질펀해지는

그 그리움처럼

캄캄한 어둠의 내부內部를 달빛처럼 서성거리는

# 2부

# 서산마루에 서다

# 맹인盲人

동그란 진료실 의자를 한 손으로 더듬으며 하얀색 4단 지팡이를 접으면서 그 맹인盲人은 의자에 엉거주춤 엉덩이를 걸치고 앉았습니다 숱한 흉터 위에 덧씌워진 그가 내놓은 앞정강이의 상처는 대수로운 일이 아니라지만 나이가 들어 갈수록 요즈음에는 그 상처가 제풀에 피딱지로 굳어버리면 괜히 온몸이 가려워지고 또 하나의 관념觀念이 일어난다고 했습니다 그럴 때에는 비가 오지 않아도 해가 저물어가면 점점 습해지기도 하고 진물처럼 가슴 깊은 곳에서 저절로 흘러나오는 소리가 있어 그 소리에 집중해서 가만히 귀를 쫑긋 세우고 앉아있으면 슴슴하지만 어떤 때에는 눈물처럼 먹먹한 짠내가 스며나와 그 냄새를 킁킁거리며 좇아가는 버릇도 생겼다고 했습니다 어제는 한줄기 바람이 먼 저쪽의 소식이라며 하루의 습기를 걷어가고 정수리 부분이 잠시 맑아지게도 하고 그것은 또 하나의 운율韻律이란 것을 깨달았다고 했지만, 그것은 어차피 바람에 덧없이 흩날리는 나뭇잎 같다라고도 했지만, 애써 그렇게 말하는 동안 입 근처에서는 마른 버짐이 피었다가 스러지는 것 같더니 잊고 있었던 일이 생각난 것처럼 갑자기 진료실 의자에서 일어섬과 동시에 능숙하게 하얀색 4단 지팡이를 다시 이어 곧추세우고는 어둠의 저 편으로 어둠의 길을 따라 총총거리며 되돌아갔습니다

# 그네와 아이

— 현이에게

아이가 놀이터에서 그네를 타고 있다
혼자서는 타지도 못하면서
더 높이 더 높이 밀어 올려달라고 채근한다
높이 올라갔다가
미끄러지 듯 내려온다
올라갈 때마다 하하거리며 호호부르기 시작한다
하하호호가 올라갔다가 내려온다
저만큼 높이 올라가면
하늘은 아이를 한 번 품에 안았다가 놓아주고
저만큼 높이 올라가면
하늘은 아이를 또 한 번 품에 안았다가 놓아주고
이제는 하늘이 아이를 품에 안고서는 다시 놓아주지 않으려는
저만큼, 그 높이의 수평水平!
하늘과 아이는 한참을 그렇게 밀고 당기는 동안
까르륵까르륵
놀이터 허공에는 동그란 웃음소리들이 한가득 들어찼다

## 서산마루에 서다
— 어떤 이별

뒤돌아보니 아무도 없었다

노을이 몇 줄기 서쪽 하늘 끝에 매달려 있었다 살 부비던 바람도 잦아들고 발아래 이름 모를 풀꽃 하나가 고개를 떨구고 있었다

# 사랑

불혹에는 너무 혹해서 허무했고 그 후 내내 나는 도무지 고독했고 한 바퀴 돌아 귀가 순해질 때면 비로소 사랑하리라

초겨울 밤에는 둥지에 달빛이 고이는
별똥별처럼
눈이 멀고야 마는

## 황사

얼마 전 아파트 한 모퉁이에서는 목련꽃이 아무도 모르게 피었다가 또 기억도 없이 사라졌습니다

출근길 안양천 변 둑방에는 개나리꽃이 흐드러지게 피었습니다

그 며칠 후 활짝 핀 벚꽃으로 여의도 윤중로가 가득 메워졌다는 소식도 있었습니다

그러다가 가끔씩 비가 와서 개나리꽃도 벚꽃도 황망해지고 동네 삽살개도 꼬리를 내릴 즈음 지독한 황사가 불현듯 뿌옇게 온 하늘을 뒤덮었습니다

눈이 침침해지고 거리에는 자동차마저 뜸해진 늦은 밤, 창밖 멀리 후미진 곳에는 몇 개의 가로등이 안개 속에서처럼 발이 시리게 서 있었습니다

# 한밤중에

한밤중에 문득 잠 깨어 불도 못 켜고 눈만 뜨고 있으면 그물에 포박당한 채 한 길 깊은 물속에 가라앉은 그 마지막처럼 들숨 날숨도 닫히고 옴짝달싹 못 하는데 어둠의 입자들만이 하나둘 부시시 사위를 드러내는,

나도 몰래 눈물이 주르륵 흐르고, 또 외로운 짐승처럼 저 혼자 이부자리를 뜬금없이 불끈 달아오르게 하는 5월 한밤중에

## 불연속선

한 여름밤 달빛은 무슨 이데올로기처럼 조심스럽게 강물 속에 발을 담그고 있었습니다

서울 한복판 쓰레기 소각장 굴뚝에는 빨간 점멸등이 밤이 깊었는데도 비밀스럽게 깜빡거리고 있었습니다

끊길 듯 이을 듯 거리의 차량은 밤새도록 신호등 앞에 잠시 멈추어 섰다가는 제각기 쏜살같이 달려가고 있었습니다

강물을 지나 가로등 아래에서 서성거리던 시원한 한 줌 바람에 한여름의 나뭇잎들은 야단스럽게 두 손을 흔들고 있었습니다

## 풍란風蘭

걸어서 아스팔트를 건넜습니다

등에 얹혀 한세월을 보냈습니다

어느 여름밤, 까만 정적 속에서 '아'하는 탄성으로
순백의 꽃을 피워 올렸습니다

# 장마

주룩주룩 장대비는 내리고 눅눅하게 피어난 곰팡이가 며칠째 벽에 푸른 궁궐을 짓고 있었다

순식간에 물은 불어 다리는 끊기고 떠도는 입소문에는 주둥이를 내밀고 안쓰럽게 강물에 떠내려가는 몇 마리 돼지들이 있었고 지글지글 부침개를 부쳐 와서는 굵은 마디 손으로 척척 김치를 얹어주는 여인과 저물 무렵이면 마실 술에 흠뻑 절은 채 고래고래 소리를 지르며 비틀비틀 마을로 들어서는 사내와 불도 못 켠 채 도망간 애인을 그리워하며 추녀 밑 창가에서 밤새도록 퍼지르고 앉아 우는 옆집 누이도 있었다

가끔씩 하늘은 번쩍, 놀래서 눈 동그랗게 뜨고 아랫목에 누워 잠을 자던 아이들 가슴은 쿠궁,하고 내려앉았다

# 가을

빙빙 맴돌던 고추잠자리 한 마리가 마당 빨랫줄에 내려앉는 순간, 한낮의 햇빛은 잠시 기우뚱 그 균형을 잃었지만

시월 하늘은 빨랫줄에 널어둔 어른 아이 겉옷과 속옷 사이를 아무 일 없이 파랗게 펄럭이고 있었다

# 또 황사

늦가을인데
고비사막은 또 죽을 고비인가?

'여기서부터, ——멀다'*의 서정춘 시인은 바바리코트 깃을 세우고 어깨를 움츠리며 주황색 가로등 불빛 사이를 아직도 낮은 키로 걸어가고 저희끼리 무리 지어 보도블록 위를 쓸고 지나가는 붉게 혹은 노랗게 물든 플라타너스 잎사귀에는 지난여름의 희끗한 그 뒷모습이 보인다 어둠 속에서는 철새들의 아득한 날갯짓처럼 서쪽 하늘에서부터 겨울은 흐리게 혹은 뿌옇게 몰려오고 있다

바실리 칸딘스키**가 또 오나?

* 서정춘 시인의 시 「죽편1」에서 인용.
** 러시아 출신의 프랑스 화가, 현대 추상미술의 창시자.

# 그리움
— 연기 2

아주 높이 굴뚝같은 마음으로 하늘길을 찾았습니다만 뭉글뭉글 지나가는 구름 근처에서 그 길을 잃고 말았습니다

잔뜩 목을 뒤로 꺾고 올려다보는 지상에서는 하루해가 짧았습니다

# 역광, 혹은 시간

햇빛이 돌 위에 내려앉는 순간, 오후의 무료함과 함께 그 돌은 흔적도 없이 바스라졌습니다

정체된 도로의 앞선 승용차 지붕에서 갑자기 벼룩 한 마리가 허공으로 튀어 오르면 수많은 무지개가 별빛처럼 쏟아져 내렸습니다

강물 따라 흐르지도 못하고 물 위에 한 움큼 고여 있다가 그 강물이 울컥 출렁이면 슬픔처럼 한가득 눈이 시렸습니다

그 순간, 세상을 꾹꾹 눌러 밟던 한 떼의 새들이 노을을 건너 저만큼 서쪽 하늘에서 그들의 세상을 떠나가고 있었습니다

## 풍경風景

1.

아침에 눈을 떠보니 모든 것이 사실이라는 것에 새삼 놀란다 엊저녁에는 귀신 씌운 듯 토요일 오후의 폭풍우를 뚫고 서울을 탈출했었다 빗소리에 잠이 깨어 불도 켜지 않은 채 창밖을 내다보았다 폭풍우는 밤새도록 유리창을 흔들어 깨우고 그 위에는 집을 나서는 뒤통수에 꽂히는 몇 개의 눈망울들이 잠시 머물렀었다 지금 라디오에서는 잠시 비 개인 청량한 시야에 쏟아내는 여성시대 남녀 MC들의 너설스런 희희낙락들이 너무나 한가로와, 차라리 불안하다

구획정리가 잘되어 정방형으로 아스팔트가 이미 깔린, 사이사이의 철근이며 널빤지들이 어지럽게 널려있는 오늘은 일요일이라 조용한 창밖 공사판 위에는 다시 비가 오기 시작하였다 얼기설기 엮은 철근을 따라 십여 개의 콘크리트 기둥이 세워져 있고 그 옆에는 지금 막 5층까지 올라간 건물이 해골처럼 그 깊은 눈이 뻥 뚫려져 이쪽을 쳐다보고 있다 고인 물을 튀기며 티코 한 대가 지나가고 아랑곳하지도 않고 그 옆을 산책이라도 하듯 우산도 없이 구부정하게 천천히 걸어가는 한 사내 위로 끊기다가 이을 듯 가랑비가 또다시 뿌리고 아스팔트에 그려진 노란 중앙선은 너무나 선명해, 차라리 외롭다

>

여성시대가 끝난 라디오에서는 전국 곳곳에 200mm가 넘는 호우 주의보 및 경보와 함께 잠수교의 통행이 통제됨을 알리고 있다

2.

컴퓨터 모니터의 화면보호창으로 연결된 우주의 한 모퉁이에서는 연보라색 철근 바가 에일리언처럼 자기복제를 하고 있었다 복제하여 DNA를 조합하듯 이음 사이를 자동 연결하고 또다시 새로운 바를 연결하는 저 놀라운 번식력, 처음에는 아메바처럼 느리고 어설프더니 조금 지나니까 순식간에 하나로 시작한 바들이 마디마디 꼬리에 꼬리를 물고 결국에는 아이들이 잽싸게 오르락내리락하며 노는 놀이터의 철근 정글처럼 빼곡한 숲을 이룬다 그러나 그것도 잠시일 뿐 무엇이 성에 안 차는지 이제까지의 모든 것을 순식간에 지워버리고는 스스로 돌연변이를 하여 새로운 색으로 새로운 모양으로 또다시 자기복제를 자동 연결을 시작한다 생명 얻기가 그리 쉬울까?

팬티 바람으로 발정 난 수캐처럼 나는 좁은 방안을 뛰기 시작한다 지루함이 자리 잡지 못하도록 좁은 방안을 대각선으로 가로지르기도 하고 지나온 자리를 8자 모양으로 만들어보기도 하

며 적당히 배치된 침대, 책상, 냉장고 등의 가구 사이의 간격과 깊이라도 발자국으로 재듯이 최대한 촘촘하게, 혹은 사각 벽에 붙여 배치된 가구 사이의 그 조그만 요철들을 미로 찾기 하는 모르모토처럼 들락거리기도 한다 집에서 러닝머신 위를 뛰면 비슷한 속도로도 10분이 채 안 지나서 온몸에서 땀이 비 오듯이 줄줄 흐르는데 그래서 30분, 40분을 간신히 채우는데 지금은 1시간을 넘게 뛰어도 단지 콧잔등에만 몇 개의 땀방울이 맺힐 뿐 몸 안의 열기는 그 탈출구를 찾지 못하고 바싹바싹 몸만 달아올라 있다 본능 사르기가 그리 쉬울까?

마우스를 건드리니 우주는 사라지고 흔적을 남긴 아래한글이 아직도 이곳저곳을 배회하고 있다 나는 서둘러 화장실로 달려가 찬물로 온몸을 뒤집어쓰고 양변기에 이런 사실들을 위로 아래로 배설한다

# 노인 2

활짝 핀 한 무더기 노오란 개나리꽃 위에 어리둥절 낯설게 흰 빵떡모자로 얹혀 철없고 눈치 없고 더 이상 갈 데 없이 3월 말까지 밀린 춘설春雪처럼,

너였더냐? 나였더냐? 이 완전한 승리자는

## 물방울종鐘

연둣빛 나뭇잎 끝이나 가지마다 물방울들이 지상을 향해 종, 종,종, 매달려 있다 지금 안개비 속 산 정상에서는 사방의 먼 시야를 놓치고 마는데 여기저기 지척에서 벙그는 연분홍 진달래 꽃의 잎사귀들 끝에도 방울방울 물방울들이 아직도 매달린 손을 놓지 못하고 그렇다고 투명하게 텅 빈 마음조차 비우지 못하고 있는데,

허겁지겁 수유하듯 안개비로 제 몸을 키우는 투명하고 영롱한 물방울들은 그렁그렁 돋보기로 들여다보는 우주 속으로, 드디어 지상에 낙하할 때 소리 없는 종,종,종, 소리를 울리며 달려가는 봄 산은 온통 달다

# 봄비

봄비는 아마도 랩처럼 하루 종일 주절주절 떠들 것이고 또 그것이 이 고독한 시대에는 저 혼자 불현듯 랩소디가 되기도 한다 며칠 전 봄비는 구기동 근처를 기웃거리다가 오늘은 안양천 변의 연초록 잎이 돋보이는 오래된 버드나무 가지의 그 요염하고 잘록한 몸을 누이고 있다 이런 날에는 간혹 한 떼의 새들이 보헤미안처럼 잔뜩 찌푸린 회색빛 하늘을 가르며 서쪽으로 날아가기도 한다 이뭐꼬? 이뭐꼬?하면서 몸통이며 날개에는 온통 봄비를 퉁기면서……

# 여우비

한여름 멀쩡한 하늘에 호랑이가 장가 간다는,

머리는 벗겨지고 아랫배가 적당히 나온 거울 속 제 모습이 누구일까? 하고 스스로 낯설어지는 중년 사내가 낮술에 취해 정신없이 길을 가는 오후, 이날따라 한쪽 하늘은 햇볕이 유난히 쨍쨍한데 후드득 빗방울이 떨어져 가는 길을 막아서고 낮술을 깨우는 것은 가슴 속 깊이 감추어둔 못내 아쉬운 그 옛날 첫사랑이 느닷없이 부르기 때문이다

하늘 한 번 올려다보고는 그 사내의 그동안 살아온 숨긴 눈물일랑 이 순간에는 더 이상 삼켜버리지 말고 두 뺨에 흐르는 빗방울과 함께 그냥 슬쩍 흘려버리라 한다

## 시간 밖으로

도시 한가운데 천장에는 형광등이 밤새도록 켜져 있는데 세상은 칠흑같이 캄캄하다 그렁대던 가래소리도 저들끼리 분주한 발자국 소리도 가을 햇살에 흔들리던 한낮 나뭇잎들의 수런거림도 아직 들리는 것 같은데 세상은 고요하다

어릴 적 뛰어놀던 고향 마을 뒷산일까? 한 줌 바람에 뼛속까지 시리던 육신, 뒤척여 보지만 미동도 없고 이제는 어떤 불편함이나 두려움도 모두 사라졌다 눈물은 메말라 더 이상의 그리움이나 외로움도 없이 온통 캄캄한 어둠 속에서 눈만 껌벅일 뿐이다 혹은 이 우주의 끝일까? 발아래에는 유성이 흐르는 천 길 벼랑 끝, 더 이상 나아 갈 수 없는 그리고 되돌릴 수 없는 정지된 시간의 떨켜*,(고독이 그리움이나 외로움 때문이 아니라는 사실을 새삼 뼈저리게 깨닫는다)

늦가을 햇살에 잘 마른 잎새 하나, 톡! 벼랑 밖 천 길 어둠 속으로 시간 밖으로 간다

* 떨켜 : 나뭇잎이 낙엽이 되어 떨어지기 전에 줄기 끝 나뭇잎이 떨어질 곳에 얇은 막이 생겨 수분 흡수를 못 하게 한다. 이때 생긴 막을 '떨켜'라고 한다.

# 고독

올겨울에는 유난히 달이 눈에 들어왔다. 기다리는 첫눈은 아직 안 내리고 며칠을 두고 생각날 적마다 창밖 밤하늘을 내다보면 벗은 나뭇가지 사이로 지나가는 바람 사이로 어둠의 문을 열고 우주로 들어가는 한 사내의 뒷모습이 마른 밤하늘에 혼자 떠 있었다

백 년 동안
울대에 눈물이 고여있는

# 거미

숯검댕이 제 몸을 잔뜩 웅크리고 있는 것은 아주 오래된 기다림의 자세,

낡은 처마 밑 허공에 세상에서 가장 완벽한 덫을 완성시켜 놓고는 오오 어디선가 살랑살랑 바람이 분다, 파르르 온몸으로 전해오는 숨이 멎는 그 순간이여

분별마저도 분별이 없어진 깊은 어둠 속에서는 시나브로 연꽃이 피어나고 있었다

# 3부

# 가을을 닮다

# 낮달

찌는 늦여름 아침부터 매미는 맹렬하게 울어대고 있었다

바람 한 점 없는 영랑호 위를 어지럽게 맴돌다가 근처 나뭇가지 끝에라도 앉지 않고 어깨에 잔뜩 힘주며 허공에 한참을 골똘히 멈춰 서있던 고추잠자리 한 마리, 느닷없이 휘익- 우주 속으로 빨려 들어갔나? 뒤집혀 시야 밖으로 사라졌다

구름 사이로 낮달이 고개를 빠끔히 내밀고 내려다보고 있었다

## 고도근시高度近視

좀 더 멀리, 멀리 보고 그래서 이제는 제발 철 좀 들라고 노안老眼은 오시는데 오늘도 어제처럼 하루하루를 살다 보면 의젓하게 폼 잡으며 멀리 볼 겨를도 없이 발아래 개미처럼 자꾸 오그라들어 겨우 코앞만 보고 낑낑거리며 어쩔 수 없이 또 하루를 건너가는데 이제는 코끝에 걸린 안경까지 벗어 버리고 아예 머리를 들이박고 코앞만 정신없이 들여다보며 몰두하는 본새란,

# 늦가을 바람에

한 무리의 주황색 낙엽들이 낮게 어지럽게 아스팔트 위를 간다

귀밑머리 허연 그런 가을이 간다

가슴이 아린 잘 익은 그리움도 간다

가로등 아래에는 옷깃을 세운 낡은 이데올로기 하나가 잠시 진저리치다가 간다

# 마른장마

해가 졌다고
내 너를 잊을 수 있나
어둠이 왔다고
타는 내 마음을 감출 수 있나
한낮의 뜨거움을 모르면
사랑이 아니지만
그 치명적인 사랑에 데었으면
눈물마저 메말라
눈물 한 방울도 안 나오고
멀뚱멀뚱 불 켜있는 늦은 밤,
메말라
거북 등으로 갈라진 가슴에
마른 번개처럼
홀로 삼켜 버린 울음

# 통증

바로 못 가면 돌아서 가고
서서 못 가면 앉은뱅이처럼 앉아서 가고
마음은 곧바로 가라 하지만
몸은 애써 천천히 간다
아뿔싸!
무릎에 날카로운 통증이 한 번 찌르고
거리에는 남녀 한 쌍이 다정히 우산을 받고 가는
비 오는 여름의 오전,
영화음악처럼 시간은 흐르는데
지그시 눈 감고 있으면
한계령을 넘어
구름처럼
설악산 중턱 어디쯤을 간다
뒤쫓아 온 몇 줄기 상쾌한 바람, 바람,
갑자기 비는 멎었고
시간도 멎었다

앉아서도 천천히도 못 가면
통증으로 가고

# 거울

— K에게

거울 속의 나를 본다
취조실의 피의자처럼
거울을 빤히 들여다보는 것만으로도
나는 숨길 수가 없다
결국 나는 완전히 제압당하고
결박 없는 결박으로 결박당하고 있다
노안老眼 때문에
안경을 이마에 걸친 채
거울을 들여다보는 얼굴을 배경으로
코밑이며 턱 언저리에는
거뭇거뭇 희끗희끗
며칠 동안의 수염이 웃자라 있고
게으른 하품도 꼼짝없이 결박당하고 있다

거울은 이미 나의 모든 것을 들여다보고 있고
더 이상 숨길 방법이 없다
그리하여 결박당한 거울 속의 나에게
'요즘 어떻냐?'고 물으면
눈부시게 햇빛 바스라지는
8월의 오후 세시와 네시 사이,

거울 어디에도

무심한 하늘은 보이지 않는다

# 가을을 닮다

하늘은 맑고 투명하다

가을 햇살이 그득한
조그만 절집
오후의 적막 사이로
어디선가 바람 한 줄기 달려와
가볍게 귀를 씻고 간다

가을을 닮아 높고 푸르다

풍경 소리,

# 종소리

품었던 아픈 사랑

허공에 번져

스며들 듯

그렁그렁 눈물이 되더라

서러워 못다 한 사랑

울다 생각나

되새김하듯

스멀스멀 연기처럼 피어오르더라

가거라

가거라

돌아오지 말고 번져 가거라

하늘 아래 그 사랑

실바람 타고

가닿을 듯

아롱아롱 꿈만 같더라

# 장맛비

아침부터 장맛비가 쏟아진다 엄청난 폭우暴雨다 애달퍼서 발을 구르는 것처럼 출근길 자동차 지붕에 쏟아지는 빗소리가 간절하다 어두컴컴해서 네거리에서는 모든 차가 미등을 켜고 신호를 기다린다 그때 건물 한 모퉁이에 그가 서 있다 쏟아지는 비를 맞으며 무엇인가를 망설이고 있는 그, 어떤 기억들은 자동차 앞 유리창에서 어른거리는 빗물과 함께 잠시 흐려지고 또 어떤 기억들은 자동차 와이퍼의 움직임에 따라 흐려졌다가 사라졌다가를 반복하고 그는 그 자리에 더욱 분명하게 서 있다, 우산도 없이, 장맛비는 오래된 기억들을 씻어내고 그는 계속 망설이고 있다 어디선가 슬픔은 범람할 것이다 엊그제에는 전화통화까지 했었는데 그는 더 이상 할 말이 없는 줄 알았다 그러나 애당초 삶이란 얼토당토않은 구석이 있기 마련이다 예기豫期 할 수 없고 제어할 수 없는 일들이 객관적으로 벌어진다 오래전에 본 먼 나라의 영화에서도 그런 일이 있었다 장맛비가 더욱 세차게 퍼붓는다 자동차 와이퍼는 더 바쁘게 움직인다 눈 한 번 깜박이었을까 가까스로 잠시 눈길을 돌리려는 순간, 갑자기 그가 시야視野에서 사라졌다 그리고, 그 이후 세상에서 그를 본 사람은 없다

이 엄청난 장맛비가 지나간 후, 한여름의 태양은 다시 뜨거운 얼굴을 내밀고 있다 사는 것이 어처구니가 없다는 듯이

# 가슴이 아프다

천천히 아래로 가라앉는다 바닷속이다 눈은 떴는데 죽을 힘을 다해 몸을 움직여보려고 해도 무슨 일인지 그 어떤 힘에 압도되어 움직여지지 않고 손가락 하나 까닥할 수 없다 당황한 채 무엇이라도 해보아야 한다고 생각하는데 소리도 못 지르고 눈만 떠있는 채로 통나무처럼 빳빳하게 굳어 나는 아무것도 할 수 없고 아래로 아래로 가라앉는다 눈앞에서는 이름도 모르는 물고기 떼들과 함께 오늘 지난 일들이 지나간다 아침 출근길은 다른 날과 똑같았는데도 처음인 것처럼 낯설었다 며칠째 일기예보에는 장맛비가 예보되었는데도 날씨는 잔뜩 후텁지근한 채 하늘은 멀뚱멀뚱했다 오늘 첫 환자인 그는 오래전부터 계속된 기침이 아직도 안 낫는다고 오늘 처음 와서는 억울하다는 듯 씩씩거리며 화를 내고 갔다 대학생인 딸과 단둘이 살았던 그녀는 며칠 전 딸이 갑자기 자살했다고 남의 일처럼 건조한 목소리로 사실적으로 말했다 그리고 난 후, 일어서서 돌아가던 그 뒷모습이 희끗 보였다 혼魂이 빠져나간 것 같았다 그녀의 딸이 자살 직전에 그녀와 마지막 전화 통화한 내용도 들려주었었다 무릎 관절염이 심해서 한 걸음조차도 떼기 힘든 그 할머니는 간신히 지팡이에 의지한 채 힘들게 힘들게 오시는데 하물며 사무적인 말을 건네는 것조차도 소용없고 진통제밖에는 다른 방법이 없었다 그 진통제에 취한 순간이 영원이 됐으면…… 하는 의미 없는 희망을 던지면서…… 얼마나 내려왔을까 한 점 빛도 없이 컴컴하다 나는 아직도 속수무책으로 계속 가라앉고 있다 결과적으로 이 모든 것은 감당할 수 없었던 잉여감정剩餘感情 같은 것이었고 최선이란 단지 핑곗거리일 뿐이었다 어느 순간부터인지 그것들은 사나운 개처럼 거역할 수 없는 나를, 몸부림쳐도 손가락 하나 까딱할 수 없는 나를, 사정없이 공격하고 이제는 셀로판지처럼 너무나도 얇고 투명해져서 파르르 떨고 있는 나의 가슴을 물어뜯기 시작했다 앗, 지금 완전한 침몰이닷! 심해深海 밑바닥에 통나무 같은 몸뚱이가 덜커덩 부딪쳤다

잠에서 깨어나 보니
가슴이 아프다

# 걸음

걸음을 잃고 걸음을 한다
추억이여,
어딘지도 모르는 산허리에 구름 혹은 바람이 걸려있다

숨이 턱턱 막히는 폭염暴炎이다 아내는 베란다의 화분들을 보며 맥문동 꽃이 안 핀다고 말한다 나는 에어컨을 켜놓고 문을 닫은 채 꼭꼭 숨어 창밖을 내다본다 거리는 어둡지도 그렇다고 대낮처럼 환하지도 않다 방정맞게 카톡, 카톡 하며 연속적으로 십여 회 핸드폰이 울린다 주말마다 산행하는 친구가 보내온 사진들일 것이다 세상에나…… 오늘 같은 폭염에…… 오늘은 또 어느 산을 올랐을까 산 정상의 표지석標識石과 함께 찍은 인증 사진과 하산 후 먹는 막걸리와 묵무침까지, 그는 아직까지도 사진 찍힐 때마다 얼굴 표정이 굳어있다 나도 그런 산행을 했었던 적이 있었다 FM 라디오에서는 '세상의 모든 음악'이란 프로그램이 진행 중이고 이제 막 어둠이 조용히 밀려오기 시작한다 라디오 안테나가 방향을 타는지 신경에 거슬리게 가끔씩 지지직거리는 소리가 난다 스페인 카탈루냐 출신 테너의 노래가 흘러나온다 그는 아마도 콧수염을 기른 배불뚝이일 것이다 아내가 그 라디오에 가까이 다가가자 그 잡음 소리가 더 크게, 더 신경질적으로 지지직거린다 오늘부터 리우 올림픽이 시작됐다고 한다 여기는 푹푹 찌는 한여름의 폭염인데

리우는 지금 겨울이라고 한다 그런데 겨울인데도 한낮 온도가 섭씨 28도쯤 된다는 사실이 신기했다 그러면서 올림픽 때문인지 브라질 음악을 소개한다 영화 '흑인 오르페'*의 영화음악과 함께 브라질의 삼바와 보사노바 음악을 들으며 언젠가 TV에서 본 공작새 날개를 활짝 펼친 듯한 화려한 머리 장식을 하고 정열적이고 현란한 스텝과 몸동작으로 리우의 삼바 카니발을 즐기는 반라半裸의 무희舞姬들을 기억해 내고는 리우는 일 년 내내 여기의 폭염보다도 훨씬 더 뜨거울 것이라는 착각에 빠지게 된다 지지지직———, 창밖은 제법 어두워지고 있다 폭염 탓으로 아내는 매사가 귀찮아져서 저녁 식사로 프라이드치킨을 시켰었나 보다 배달된 치킨을 먹기 시작하며 나는 아직도 산허리에 걸려있는 그 구름 혹은 바람을 생각한다 그곳에서도 역시 걸음을 잃고 걸음을 한다

폭염 속에서
어둠이 이따금씩 끊기고 있다

치킨을 꾸역꾸역 먹는다
이제 배의 포만감은 불편할 만큼 과도한데
아직도 허기虛飢가 가시지 않는다

* 흑인 오르페 : 브라질 영화 제목, 1959년 칸 영화제에서 황금종려상을 받음.

# 낙엽落葉

잘 익은 나뭇잎 하나가
빙그르 허공을 돌며 떨어진다

찰나刹那구나!

갑자기
생이 거룩해지다

# 겨울밤

밤 깊도록 눈이 푹푹 쌓인다

뒷간에서는 바지춤을 내린 사내아이의 엉덩이가 시리다

녁녁히 군불 땐 사랑방의 호롱불 밑에서는 화롯불에 둘러앉아 달콤하고 구수한 군고구마를 먹으며 두런두런 나누는 이야기는 길어지고 할머니가 방금 떠오신 동치미는 사각사각 살짝 얼었다

어젯밤에는 먹이를 찾아 헤매던 족제비가 몇몇 집에서 닭을 채 갔다고 한다

밤이 하얗게 깊어지면 눈썹도 없고 엄지발가락이 떨어져 나간 문둥이가 어린아이 간을 빼 먹었다는 소문도 돌아다닌다

# 일몰日沒

한강에 나가 지는 해를 바라다본다
해가 기울어
서산 속으로 이제 막 빠져 들어가려고 할 때
서쪽 하늘을 시뻘겋게 물들이고
강물 위로 내려와
질펀하게 바스라지는 저녁노을과 함께
느닷없이 울컥 올라오는 그것,
죄처럼 비로소 뚜렷해지는

호명呼名하지 않아도
희망은
서쪽 하늘로 무심히 떠나는
저녁 새들처럼
어차피 어처구니가 없는 것,

아! 낡은, 되돌릴 수 없는 것들……

바람이 분다 비망록의 군데군데에 쓰러져있었던 잔기침들이 하나둘 일어선다 장엄하다 못해 비장하기까지 한 그 허연 등뼈, 그러나 어이없이 예상을 빗나가는 것은 생生의 또 다른 편리성이다

이제 곧 어두워질 것이다

이렇게 자꾸자꾸 울고 있자면
강물이 되고 바다가 되어
너를 적실 거라고

— 손기섭 시인의 시 「장마」 중에서

며칠 전부터
발밑부터 젖어 드는 보랏빛 비비추가
고개를 떨구더니

밤새도록 내린 비는
아침에도 그칠 줄 모르고

하!

월악산을 빠져나오는 숲길에서는
빗방울들이
후드득 도마뱀처럼 달아나다

# 처서處暑

매미가 아직 울고 있기는 하다

많이 비어있다

비어있는 것은 슬픈 일이다

뒹굴거리면서

하루 종일 그 여름이 서러워졌다

비어있는 것은 슬픈 일이기 때문이다

엊그제 소낙비를 따라갔나

선잠 깬 한낮에도

마음이 비어있는 곳에는 으쓸한 바람이 스며들고

모기 입이 삐뚤어진

>

이제 가을인가

그 많던 매미들은 어디로 갔나

또, 가고 있나

# 불길한 예감

불길한 예감은 언제나 어긋나는 적이 없네

나는 나의 생을 소모하였네 한바탕 한마당이었네 미리 마련된 것처럼 일단 시작했으면 멈출 수 없는 되돌릴 수 없는

그냥 흘러가는 물이라고 할 수밖에

잡아보면 손가락 사이를 빠져나갈 뿐, 흠뻑 젖을 뿐이네

출구가 안 보이네 빠져나오려고 발버둥 치면 칠수록 나도 모르게 늪처럼 더 깊이 빠져들어가 있네 연습은 없네

사람이라고 할까

아니면, 그렇게 봄도 여름도 보내고 나니 어느덧 덧없이 지나가는 바람이라고 할까

이 가을에는 문득 서늘해지네

앙! 입 다물고 하늘을 올려다보면 갈바람처럼 어리석게도 사람의 그 살내음에 또다시 빨려 들어갈 것 같은 그런 불길한 예감이 드네

# 할렐루야*

사는 것이 한없이 부질없다고 느껴지면 한강에 나와 강물을 바라보며 오랫동안 강가를 서성거린다 오늘도 난감한 얼굴을 하고 이 별에 불시착不時着한 자여, 회색빛으로 잔뜩 찌푸린 하늘 아래 강을 따라 일렬로 줄지어 서 있는 겨울나무처럼 뼈대만 앙상해진, 그렇게 아주 멀리 온 것 같은…… 아무래도 금방이라도 눈발이 퍼부을 것 같다 그 속에서도 변함없이 흰 물결을 일으키며 도도하게 흘러가는 저 강물, 나는 또 어디로 가고 있을까

그렇다

남아있는 것은
지나온 자리 자리마다
도처에
눈부시게 번뜩이는
후회,

그러므로 나를 용서할 수 없는 까닭은
아무 일도 없었던 것처럼
떠밀려
여기까지 왔기 때문이다

>

코헨의 '할렐루야'가 반복적으로 귓가를 맴돈다 웅얼거리며 겨울 강바람처럼 중저음으로 낮게 울부짖는…… 인간이 인간일 수밖에 없는, 그리하여 깊은 회한으로 터져 나온 인간 다윗의 그 할렐루야, 나는 또 어디로 가고 있을까

* 할렐루야hallelujah : 캐나다의 가수인 레너드 코헨Leonard Cohen이 1984년에 발표한 노래.

# 겨울 강

겨울 강은 울고 있었다 꽝꽝 얼어있는 얼음장 밑으로는 전설처럼 여전히 강물이 흘러가고 있었지만 강바람과 함께 우우-, 들릴 듯 말 듯 낮게 소리를 죽인 채 울고 있었다 구름 밖으로 잠시 얼굴을 내밀던 낮달은 가만히 귀를 열고 내려다보고 있었고 그림자가 긴 겨울나무가 민망한 듯 엉거주춤 서 있는 그 빈 가지 위의 하늘에는 한 떼의 새들이 둥지에 깃들지도 못하고 오래된 기억記憶을 좇아 강을 거슬러 올라가고 있었다 별거 아냐 별거 아냐 겨울에는, 이만큼 겨울이 깊어지면 강도 가끔 서러워질 때가 있어 그런데 왜 너는 거기 그렇게 서 있니?

해설

# 일상과 자연의 환유적 모색을 통한 존재 찾기

박남희 시인 · 문학평론가

# 일상과 자연의 환유적 모색을 통한 존재 찾기

박남희 시인 · 문학평론가

## 1. 일상과 자연이 만나는 자리

인간의 삶은 무수한 일상의 연쇄로 이루어져 있다. 그러므로 인간은 일상을 떠나서 존재할 수 없다. 너무나 평범한 듯 한 일상은 평범하면서도 평범하지 않다. 우리가 평범하게 느끼는 일상도 관점을 달리해서 바라보면 그 속에 새롭고 낯선 것이 있다. 시인은 평범한 일상을 비범하게 바라보는 눈을 가지고 세상을 관찰하고 낯설게 바라본다. 그러한 과정에서 자연스럽게 일상과 자연이 만나서 새로운 상상력과 인식을 드러낸다. 현대인들처럼 주로 도시적 삶에 익숙한 경우에는 자연과 소통하는 일이 특별한 경우에 해당하지만, 시골이나 교외를 찾아가야만 자연을 만나는 것은 아니다. 도시 속에도 여러 형태의 자연이 있고, 인간의 내면에도 자연이 있다. 인간 자신도 자연의 일부이므로 인간이 스스로 소외시킨 자연을 복원할 필요가 있다.

주영만 시인의 시들은 일상과 자연이 만나는 자리에서, 다양한 스펙트럼을 통해서 언어의 빛을 발산하는 과정에서 생성된다. 그의 시는 어떤 목적성에 매몰되어 있지 않고 신속한 결론에 도달하려는 조급성을 보여주지도 않는다. 그것은 그의 시의 바탕이 본질적으로 자연과 닮아있기 때문일 것이다. 자연의 본질을 가장 잘 보여주는 것은 물이다. 노자가 인간의 부드러운 덕성을 물에 비유해서 상선약수上善若水를 말한 것은 우연이 아니다. 물은 세상의 이치를 거스르지 않는다. 그러면서도 때로는 힘차고 때로는 부드럽고 때로는 차갑고 때로는 따뜻하다. 그러다가 물은 햇빛과 만나면 증발하여 하늘로 오르기도 한다. 인간의 몸은 일반적으로 70프로가 물로 되어있다고 한다. 그런 관점에서 보면 인간이 물의 속성을 지니고 있는 것은 어쩌면 당연하다. 이러한 속성은 인간의 몸 뿐 아니라 내면에도 적용된다. 인간의 마음이 변화무쌍하면서도 일정한 흐름을 유지하고 있는 것도 물의 속성을 지니고 있기 때문이다.

주영만 시인의 시 중에도 물 이미지가 중심이 되어 있는 시들이 많이 있다. 먼저 다음의 시를 읽어보자.

> 강물은 찰랑찰랑 흔들리는군
>
> 바람은 지나갈 듯 말 듯 하다가 그냥 그 자리에 서 있는군
>
> 혼자 중얼거리는군
>
> 오래 서 있어도 허리는 아프지 않는군

그래도 그대와 나 사이의 거리는 팽팽하게 좁혀지지 않는군

그러나 강물은 흐르지만 흘러넘치지 않게

그러나 바람은 혼자 서 있어도 외롭지 않게

밖으로 뛰쳐나가지 않는 기타 음音처럼

'그렇지'라고 느낄 때까지

소나기가 온 뒤 나뭇잎에 맺힌 물방울이 이제 막 떨어질 때까지

숨을 한 번 또 한 번 깊게 들이마시고

마음이 자꾸 안으로 안으로 기어들어가는군

—「조율調律」 전문

자세히 살펴보면 세상은 여러 종류의 사물이나 존재가 서로 얽혀 있으면서 일정한 관계를 이루고 있는 집합체라고 말할 수 있다. 그런데 세상 속의 관계가 서로 상응하여 호응을 이루지 못하고 어긋나거나 서로 파괴적인 관계를 이루고 있는 경우도 있다. 이럴 때는 서로 조율이 필요하다. 위의 시는 그대와 나 사이에서 팽팽하게 좁혀지지 않는 거리를 물이나 바람 같은 자연

의 여러 현상으로 비유하고 있다. 강물이 찰랑찰랑 흔들리는 모습이나 바람이 지나갈 듯 말 듯 하다가 그냥 그 자리에 서서 혼자 중얼거리는 것은 인간을 닮았다. 그러나 이런 강물이나 바람의 태도는 어딘가 허전하고 외롭게 느껴진다. 그리하여 시의 화자는 "강물은 흐르지만 흘러넘치지 않게" "바람은 혼자 서 있어도 외롭지 않게" "밖으로 뛰쳐나가지 않는 기타 음音처럼/ '그렇지'라고 느낄 때까지" 조율할 필요가 있음을 강조하고 있다. 하지만 정작 마음은 안으로 안으로 자꾸 기어들어가게 된다. 이렇듯 인간의 마음은 쉽게 어긋나서 아이러니한 상황이 될 때가 있다. 그러므로 인간이 자신의 마음을 완벽하게 조율하는 것은 불가능해 보인다.

빈집으로 돌아왔다

침묵으로 사그라들던 오후와 희미하고 해묵은 햇볕의 온기溫氣가 아직은 방 한쪽에 남아 있었다

누워서, 흐르는 강물처럼 누워서

그는 해가 기우는 것처럼 간단한 한 획劃으로 저물어 갔었다

바람 타고 흩날리는, 어지럽게 흩날리는

그 한 획劃의 곡조曲調,

—「빈집」 전문

주영만 시인의 시를 읽다보면 '비어있음'에 대한 사유가 자주 발견된다. 그것은 아마도 시인이 지니고 있는 비움의 철학과 관계된 것처럼 보인다. 인간은 어머니의 자궁에 있다가 그 자궁을 비우고 세상에 나온다. 그 순간 어머니의 자궁은 빈집이 된다. 그렇게 인간은 한평생을 살다가 무덤이라는 빈집에 든다. 빈집으로 다시 돌아오는 것이다. 이러한 사유는 그의 또 다른 시 「혼자서 가네」에서 "이 세상으로 처음 나올 때의 안간힘을 다해 빠져나왔던 그 좁은 구멍 속으로 당신은 다시 들어가네"라는 구절에도 보인다. 위의 시도 이러한 정조를 어느 정도 내장하고 있다. 빈집으로 돌아온 주체가 "침묵으로 사그라들던 오후와 희미하고 해묵은 햇볕의 온기溫氣가 아직은 방 한쪽에 남아 있"음을 느끼면서 "흐르는 강물처럼 누워" "해가 기우는 것처럼 간단한 한 획劃으로 저물어"가는 모습은, 마지막 임종을 남겨놓은 인간의 실존을 연상하게 해준다. 이런 관점에서 보면 인생이란 "바람 타고 흩날리는, 어지럽게 흩날리는/ 그 한 획劃의 곡조曲調"로 은유될 수 있다. 여기서 화자가 유독 '한 획'을 강조하고 있는 것은 뚜렷한 삶의 족적을 남기고 싶어하는 시인으로서의 실존적 삶의 태도가 반영된 것으로 보인다.

## 2. 삶에 대한 불연속적 인식과 환유적 상상력

거시적으로 보면 우주는 일정한 질서 속에서 조화롭게 운행하는 것처럼 보이지만, 우주에 있는 수많은 별들은 태어나기도 하고 사라지기도 하면서 변화무쌍한 그들만의 삶을 경험하게 된다. 미시적으로 지구라는 세계 속에서 살아가는 인간의 삶 역시 다사다난한 순간의 연속이다. 이러한 삶의 불확실성은 삶이 본질적으로 불연속선으로 존재한다는 것을 말해준다. 이것을 다른 말로 말하면 파편적 관계나 상황이고 또 다른 말로 말하면 다양성의 공존으로도 설명될 수 있다. 세상을 연속적으로 볼 것이냐 불연속적으로 볼 것이냐 하는 문제는 물질의 최소 단위인 원자 구성 입자들을 설명하는 과학자들 사이에서도 매우 중요한 명제였다. 세상을 파동(사건)으로 보면 세상은 연속적이고, 입자(개체)로 보면  불연속적이다. 파동이 보편성이라면 입자는 특수성이다. 그런데 아인슈타인은 최소물질들의 운동이 연속이면서 불연속이라는 주장을 펴서 고전역학과 양자역학을 미궁에 빠뜨린 적이 있다.

그런데 이러한 사유는 시에서도 통용된다. 인간의 삶 속에 나타나는 여러 사건이나 현상들은 연속적으로 느껴질 수도 있고 불연속적으로 느껴질 수도 있는 것이다. 우선 다음의 시를 읽어보자.

> 한 여름밤 달빛은 무슨 이데올로기처럼 조심스럽게 강물 속에 발을 담그고 있었습니다

서울 한복판 쓰레기 소각장 굴뚝에는 빨간 점멸등이 밤이 깊었는데도 비밀스럽게 깜빡거리고 있었습니다

끊길 듯 이을 듯 거리의 차량은 밤새도록 신호등 앞에 잠시 멈추어 섰다가는 제각기 쏜살같이 달려가고 있었습니다

강물을 지나 가로등 아래에서 서성거리던 시원한 한 줌 바람에 한여름의 나뭇잎들은 야단스럽게 두 손을 흔들고 있었습니다

—「불연속선」 전문

이 시를 읽어보면 시인이 세상을 불연속적으로 인식하고 있음을 알 수 있다. 이 시는 4연으로 되어 있는데 각 연마다 중심 이미지와 사건이 다르다. 시인은 이러한 서로 다른 이미지와 사건을 병치시켜서 환유적으로 연결함으로써 우리가 사는 세상이 본질적으로 불연속적 이라는 것을 보여준다. 그런데 이 시의 제목이 '불연속적'이 아니라 '불연속선'인 것은 파편화된 것들이 일정한 선으로 연결되어 있다는 것을 강조하는 것이다.

이러한 사유는 앞에서 설명한 아인슈타인의 인식과도 유사하다. 시인은 이러한 불연속적 이미지나 사건들을 환유라는 연결고리로 묶어서 바라본다. 1연의 여름 밤 달빛이 강물 속에 발을 담그는 행위와 2연의 서울 쓰레기 소각장 굴뚝 점멸등이 비밀스럽게 깜빡이는 행위와 3연의 거리의 차량이 신호등 앞에서 멈춰 섰다가 쏜살같이 달려 나가는 행위나 4연의 한여름의 나뭇잎들이 가로등 아래에서 서성거리던 바람에게 두 손을 흔드는 행위

사이에는 어떤 직접적 인과관계도 없는데, 이러한 행위는 시인이 바라본 하나의 풍경으로 포섭되어 환유적 연결고리를 얻게 된다. 이처럼 각 연이 독립적인 이미지나 사건을 가지고 있는 경우는 은유적 구조의 시보다는 환유적 구조의 시에 더 적합하다. 시적 환유는 서로 동떨어진 이야기들도 서로 연결고리를 갖게 해서 끈끈한 역학관계를 형성하게 해준다. 동질적인 이야기보다 이질적 이야기가 병치됨으로서 발생하는 긴장은 한층 강화되어 나타나기 때문이다.

주룩주룩 장대비는 내리고 눅눅하게 피어난 곰팡이가 며칠째 벽에 푸른 궁궐을 짓고 있었다

순식간에 물은 불어 다리는 끊기고 떠도는 입소문에는 주둥이를 내밀고 안쓰럽게 강물에 떠내려가는 몇 마리 돼지들이 있었고 지글지글 부침개를 부쳐 와서는 굵은 마디 손으로 척척 김치를 얹어주는 여인과 저물 무렵이면 마실 술에 흠뻑 절은 채 고래고래 소리를 지르며 비틀비틀 마을로 들어서는 사내와 불도 못 켠 채 도망간 애인을 그리워하며 추녀 밑 창가에서 밤새도록 퍼지르고 앉아 우는 옆집 누이도 있었다

가끔씩 하늘은 번쩍, 놀래서 눈 동그랗게 뜨고 아랫목에 누워 잠을 자던 아이들 가슴은 쿠궁, 하고 내려앉았다

—「장마」 전문

이 시는 '장마'라는 상황 속에서 전개되는 여러 사건들을 하나의 사건처럼 연결해서 표현하는 기법으로 환유 시의 또 다른 면모를 보여준다. 이 시는 3연으로 구성되어 있는데, 1연과 3연은 일상적으로 장마철에 볼 수 있는 풍경을 시적으로 형상화해서 보여주고, 2연은 장마가 져서 물이 불어나서 물 위에 떠도는 것들을 '입소문'으로 비유해서 보여준다. 강물에 떠내려가는 돼지와, 부쳐온 부침개에 김치를 얹어주는 여인과, 저물 무렵에 술에 절은 채 비틀비틀 소리를 지르며 들어서는 사내와, 도망간 애인을 그리워하며 추녀 밑 창가에 퍼질러 앉아서 우는 옆집 누이는 서로 어떤 상관성도 없지만, '장마'라는 상황 속에서 환유적으로 연결되어서 묘한 긴장미를 느끼게 해준다. 이러한 서로 다른 사건을 연결해주는 연결고리는 '입소문'이다. 이러한 이질적인 입소문들은 그 사건의 문제성으로 인해 3연의 "가끔씩 하늘은 번쩍, 놀래서 눈 동그랗게 뜨고 아랫목에 누워 잠을 자던 아이들 가슴은 쿠궁,하고 내려앉았다"는 진술에 현실성을 부여해준다.

## 3. 자연의 전경화와 탈중심주의적 상상력

주영만 시인의 시들은 근본적으로 친자연적이고 탈중심주의의 바탕 위에 놓여있다. 이것 역시 시인의 순수하고 천진한 성품과 무관하지 않은 것처럼 보인다. 일반적으로 창세기의 신이 인간에게 만물을 다스리고 정복하라는 명령을 인간중심적 언명으로 받아들이고 해석하는 경우가 있는데, 이러한 사유는 과학과 문명을 발전시키는 과정에서 아이러니하게도 환경을 파괴하고 인간이 인간을 파괴하는 상황에 이르게 만들었다. 이러한 시행착오와 경험이 바탕이 되어서 일어난 반성적 사조가 탈중심주의이다. 탈중심주의의 관점에서 보면 인간은 자연의 일부에 지나지 않는다. 따라서 자연을 바라볼 때도 인간을 중심에 두지 않고 자연의 여러 사물들을 주체로 삼아서 그들의 삶을 주시한다. 이렇게 함으로써 그동안 인간이 자연에게 자행해온 폭력과 차별과 편견으로부터 그들을 자유롭게 해방한다.

주영만 시인은 그의 시에서 자연을 전경화함으로써 탈중심주의적 상상력의 일단을 보여준다. 다음의 시들을 읽어보자.

빙빙 맴돌던 고추잠자리 한 마리가 마당 빨랫줄에 내려앉는 순간, 한낮의 햇빛은 잠시 기우뚱 그 균형을 잃었지만

시월 하늘은 빨랫줄에 널어둔 어른 아이 겉옷과 속옷 사이를 아무 일 없이 파랗게 펄럭이고 있었다

—「가을」 전문

활짝 핀 한 무더기 노오란 개나리꽃 위에 어리둥절 낯설게 흰 빵떡모자로 얹혀 철없고 눈치 없고 더 이상 갈 데 없이 3월 말까지 밀린 춘설春雪처럼,

너였더냐? 나였더냐? 이 완전한 승리자는

—「노인 2」 전문

앞의 시 「가을」에는 2연으로 나뉜 한 문장의 서사에 고추잠자리, 빨랫줄, 햇빛, 하늘, 겉옷, 속옷 등 여러 가지 이미지들이 등장하지만, 빨랫줄, 겉옷, 속옷 같은 문명적 이미지보다는 고추잠자리 등의 자연적 이미지가 중심이 되어있다. 마당을 빙빙 돌던 고추잠자리가 빨랫줄에 내려앉는 순간 한낮의 햇빛이 균형을 잃었다는 진술은 자연적 주체가 문명적 객체에 영향을 받아 균형이 파괴되었다는 점에서 은근히 문명 비판적 정서가 감지된다. 하지만 두 번째 연에서 "시월 하늘은 빨랫줄에 널어둔 어른 아이 겉옷과 속옷 사이를 아무 일 없이 파랗게 펄럭이고 있었다"는 진술은 자연이 가지고 있는 회복의 탄력성이 얼마나 절대적인 것인지를 말해준다.

두 번째 시 「노인 2」는 봄에 노랗게 핀 개나리꽃 위에 내려앉은 봄눈의 철없고 눈치 없는 행동을 노인의 삶에 비유해서, 노인 스스로가 승리자인 양 객기를 부리는 모습이 조금은 우스꽝스럽게 느껴지는 시이다. 물론 이 시의 주체는 노인이지만 노인을 표현하는 이미지가 개나리꽃과 춘설이라는 점에서 탈중심주의적 상상력이 드러난다. 이상에서 살펴본 바와 같이 주영만 시인은 자연을 잘 활용해서 시인이 전달하려는 주제를 효과적으로 표현하는 능력이 있다. 다음의 시 역시 이러한 상상력의 일단을 보여주는 시이다.

한 여름밤,

수덕사 일주문 근처에는 달빛이 한가득 내려앉아 있네요

사방에서 풀잎마다 풀벌레 소리가 온통 하얗게 반짝거리네요

가늘고 먼 그대의 기억들이 찌르르 찌르르 되살아나네요

가만히 귀를 기울이다가 먼 그대에게 나직이 말을 건네면 순식간에 사방은 조용, 날카로운 아픔이 정적靜寂처럼 서 있기도 하네요

마침내 한바탕 출렁인다고 할까

밤이 깊어가면서
달빛과 풀벌레 소리는 파도처럼 그렁그렁 넘실거리더니

수천 년 만에 처음으로 봉인封印이 해제된 무덤 속에서처럼 그대는 깊숙이 은밀하게 감추어놓은 작고 여리디여린 심장을 내보이고 있네요

—「달빛과 풀벌레소리」 전문

이 시의 화자는 '달빛'과 '풀벌레소리'라는 시각적, 청각적 이미지를 통해서, 지금은 그의 곁에 없는 먼 그대의 기억을 감각적으로 불러낸다. 이 시의 1~3연은 수덕사 일주문 근처의 달빛과 풀벌레소리가 반추해주는 '먼 그대'의 기억을 섬세하게 그리고 있다. 4연을 보면 화자와 그대 사이의 관계에 '날카로운 아픔'이 깃들어 있었음을 짐작할 수 있다. 이러한 화자의 회상은 화자

의 마음을 한바탕 출렁이게 만든다. 이러한 출렁임은 깊은 밤까지 이어져 화자의 가슴에 파도처럼 넘실거리게 된다. 이 시의 마지막 연은 이러한 정서적 사건을 통해서 화자의 봉인되었던 마음이 열리고, 달빛과 풀벌레소리가 전해준 그대의 "깊숙이 은밀하게 감추어놓은 작고 여리디여린 심장"의 표정까지 섬세하게 느낄 수 있게 된다. 이 시의 주제는 '먼 그대'에 대한 기억이지만, 이 시를 이끌어가는 것은 전경화된 달빛이나 풀벌레소리와 같은 친자연적 이미지들이다. 그런 점에서 이 시 역시 탈중심주의의 시의 범주에 넣을 수 있다. 이 시를 통해 화자가 경험한 자연의 힘은 '먼 그대'와의 거리마저 좁혀준다.

아이가 놀이터에서 그네를 타고 있다
혼자서는 타지도 못하면서
더 높이 더 높이 밀어 올려달라고 채근한다
높이 올라갔다가
미끄러지 듯 내려온다
올라갈 때마다 하하거리며 호호부르기 시작한다
하하호호가 올라갔다가 내려온다
저만큼 높이 올라가면
하늘은 아이를 한 번 품에 안았다가 놓아주고
저만큼 높이 올라가면
하늘은 아이를 또 한 번 품에 안았다가 놓아주고
이제는 하늘이 아이를 품에 안고서는 다시 놓아주지 않으려는
저만큼, 그 높이의 수평水平!

하늘과 아이는 한참을 그렇게 밀고 당기는 동안
까르륵까르륵
놀이터 허공에는 동그란 웃음소리들이 한가득 들어찼다
—「그네와 아이」 전문

'현이에게'라는 부제가 붙어있는 이 시는 아이가 놀이터에서 그네를 타는 모습을 그리고 있는 동시 풍의 시이다. 아이는 그네를 타면서 그네를 밀어주는 이에게 더 높이 밀어 올려달라고 채근한다. 그러면서 아이는 높이 올라갈 때마다 즐겁다는 듯 하하 호호 웃어댄다. 그런데 이 시의 묘미는 "하늘은 아이를 한 번 품에 안았다가 놓아주고/ 저만큼 높이 올라가면/ 하늘은 아이를 또 한 번 품에 안았다가 놓아"준다는 시적 표현에 있다. 이 구절에서 행위의 주체는 아이가 아니라 하늘이다. 이러한 묘사의 정점은 "이제는 하늘이 아이를 품에 안고서는 다시 놓아주지 않으려는/ 저만큼, 그 높이의 수평水平"을 발견해내는 지점에 있다. 여기서 '그 높이의 수평'은 하늘과 아이가 하나가 되는 지점이다. 탈중심주의가 지향하는 지점 역시 인간과 자연이 어떤 우열의 차별성을 넘어 하나가 되는 것이다. 사회화된 어른들보다는 덜 사회화된 어린 아이가 훨씬 자연에 가깝다. 이 시 역시 이러한 아이의 특성을 잘 살려내고 있다.

이러한 성향은 "연두빛 나뭇잎 끝이나 가지마다 물방울들이 지상을 향해 종,종,종, 매달려있다"로 시작되는「물방울종鐘」과 "봄비는 아마도 랩처럼 하루 종일 주절주절 떠들 것"이라는 진술로 시작되는「봄비」 등에도 보인다. 천진하고 해맑은 어린아이의 정서가 깃들어있는 이런 종류의 시들은 주영만 시인의 천진무구한 심성을 닮아있다. 이런 관점에서 보면 주영만 시의 탈중심주의적 성향은 의식적인 것이 아니라 생래적인 쪽에 더 가깝다.

## 4.자연의 모색과 사랑이 그려놓은 내면 풍경

이번 시집에서 주목되는 것은 '모색摸索'이라는 제목의 연작시 9편이 나란히 실려있고, 이런 시들은 한 결 같이 자연의 모색을 통해서 관조적으로 삶을 반추해보는 특성을 지니고 있다는 점이다. 자연이 중심이 된다는 점에서 이들 시 역시 탈중심주의적이다. 또 하나 주목되는 것은 시집 도처에서 발견되는 사랑을 주제로 한 시들이다. 이러한 사랑에 관한 주제는 '모색' 연작시에도 일부 보인다. 깊이 생각해보지 않아도 사랑이나 죽음은 인간에게 가장 중요한 주제이다. 그러므로 우리의 삶을 사랑이나 죽음과 분리해서 설명할 수 없다. 특히 사랑은 인생의 계절을 넘어서서 어떠한 형태로든 우리들 곁에 늘 있다. 시인이 시를 쓸 때 사랑을 빗겨갈 수 없고, 어떤 시인의 대표 시가 사랑시일 확률이 높은 것은 우연이 아니다. 우선 이 장chapter의 중심 텍스트인 '모색' 연작시들부터 살펴보자.

흰나비 한 마리가 키 작은 나무 위를 날고 있다
무슨 생각인지

잠시 내려앉았다가 또다시 날고 있다
흰 날개가 펄럭일 때마다
또 하나의 내면內面처럼 나뭇잎들이 눈부시게 반짝거렸다
근처 다른 나무 위로 건너갈 때에는
울퉁불퉁한 비포장도로를 서둘러 가는 차 안에서처럼
허공을 날아가는 흰나비의 몸이
아찔하게 상하좌우로 심하게 요동쳐도
언제나 그렇듯
결코 추락하지 않았다
대신 파란 가을 하늘이 반으로 접혔다 펴졌다 했다

—「모색摸索 3」 전문

'모색' 연작시들에서 시인이 주목하는 대상은 자연이다. 이 시에 등장하는 자연적 대상물은 '흰나비'이다. 화자는 흰나비 한 마리가 작은 나무 위를 내려앉았다 또 다시 나는 모습을 관찰하고 있다. 이 시에서 주목되는 것은 화자가 눈부시게 반짝이는 나뭇잎들을 나비의 '또 하나의 내면'으로 보고 있다는 점이다. 그러므로 나비가 날개를 펄럭이는 행위와 나뭇잎이 반짝이는 행위는 서로 별개의 행위가 아니다. 나비는 작은 나무 위를 날다가 근처의 다른 나무로 건너간다. 그 때의 상황을 화자는 "허공을 날아가는 흰나비의 몸이/ 아찔하게 상하좌우로 심하게 요동"친다고 묘사한다. 그러나 나비는 결코 추락하지 않는다. 이렇듯 이 시는 나비의 행위를 환유적 서사로 묘사하는데 머물러 있는 듯 보이지만, 이러한 풍경 속에는 시인 자신을 포함한 인간의 삶이 얼비쳐 보인다. 인간의 삶도 흰나비가 나무 위를 날면서, 또 다른 나무로 건너가면서 요동치듯, 수많은 변화를 겪는 과정에서 우여곡절을 경험하게 된다. 이러한 과정에서 인간은 "하늘이 반으로 접혔다 펴졌다"하는 충격을 경험하게 된다. 이렇듯 이 시는 인간에 관한 이야기는 전혀 하고 있지 않지만, 인간의 삶을 암시하거나 예시해주는 매력이 있다. 이러한 특성은 주영만의 환유시가 가지고 있는 커다란 장점이다.

시냇물 속 그늘진 바닥에 오래 가라앉아 있는

수초水草 사이에서는 푸른 꿈을 키우는

꺼내 햇볕에 널어 말려도 말려지지 않는

길은 찾았으나 차마 알을 슬지 못하는

멀어도 너무 멀어 흐르는 물에 몸을 맡기기도 하는

따라 흘러간다면 흔들리며 다시 삼키는

동구洞口 밖 개여울에서는 급하게 휘몰아치는

터진 둑처럼 흘러흘러 질펀해지는

그 그리움처럼

캄캄한 어둠의 내부內部를 달빛처럼 서성거리는

—「모색摸索 9」 전문

사랑처럼 한마디로 다 수식하기 어려운 명제는 없다. "우리는 그냥 말없이 웃었다"는 이 시의 부제를 참고하면 이 시는 서로가 서로에게 간절하지만, 아이러니하게도 어쩔 수 없는 부분이 너무나 많은 사랑의 속성을 자연의 여러 상황 속에서 모색하고 있는 시로 읽힌다. 이 시의 1~3연은 시냇물 속에 가라앉아 수초처럼 흔들리고 있는 사랑의 마음을 묘사하면서 "꺼내 햇볕에 널어 말려도 말려지지 않는" 것이 그리움임을 강조하고 있다. 4~8연은 사랑의 길을 찾았으나 그 길에서 물고기가 물에 몸을 맡기고 무심코 흘러갈 수밖에 없는 것으로 비유하면서도, 개여울에 이르면 급하게 휘몰아쳐서 터진 둑처럼 질펀해지기도 하는 사랑의 이면적 속성을 보여준다. 시인은 이러한 사랑의 모색과정을 "캄캄한 어둠의 내부內部를 달빛처럼 서성거리는" 것으로 요약한다.

우리가 이 시를 통해서 알 수 있듯이 사랑의 어쩔 수 없음과 강렬한 사랑을 갈구하는 인간의 욕망 사이에는 아이러니가 존재한다. 하지만 이러한 두 가지 상황은 쉽게 거리가 좁혀지지 않는다. 그러므로 우리는 이 시의 부제처럼 말없이 웃을 수밖에 없다. 인간이 갈구하는 사랑은 "낡은 처마 밑 허공에 세상에서 가장 완벽한 덫을 완성시켜 놓고" "숯검댕이 제 몸을 잔뜩 웅크리고"(「거미」) 먹이를 기다리고 있는 거미와 같다. 시인은 이러한 순간을 "숨이 멎는 순간"으로 묘사한다.

한 무리의 주황색 낙엽들이 낮게 어지럽게 아스팔트 위를 간다

귀밑머리 허연 그런 가을이 간다

가슴이 아린 잘 익은 그리움도 간다

가로등 아래에는 옷깃을 세운 낡은 이데올로기 하나가 잠시 진저리치다가 간다

—「늦가을 바람에」 전문

사랑에는 화양연화시절이 따로 있는 것이 아니다. 중년을 지나 노년에 접어들어도 사랑에 대한 열망은 쉽게 사그라들지 않는다. 위의 시는 '주황색 낙엽'으로 상징되는 노년의 삶을 "귀밑머리 허연 그런 가을"이나 "가슴이 아린 잘 익은 그리움"과 "옷깃을 세운 낡은 이데올로기"로 은유하면서 노년이 지니고 있는 삶의 특성을 집약해서 보여주고 있다. 여기서 주목되는 것은 "가슴이 아린 잘 익은 그리움"이다. 시인은 그의 또 다른 시「할렐루야」에서, 자신의 사랑을 이루기 위해 자신이 아끼던 충신을 죽일 수밖에 없었던 "인간이 인간일 수밖에 없는, 그리하여 깊은 회한으로 터져 나온 인간 다윗의 그 할렐루야"를 들으면서, 흘러가는 강물로 비유된 자신의 삶을 돌아본다. 그런 과정에서

시인은 “남아있는 것은/ 지나온 자리마다/ 도처에/ 눈부시게 번뜩이는/ 후회”이고 “나를 용서할 수 없는 까닭은/ 아무 일도 없었던 것처럼/ 떼밀려/ 여기까지 왔기 때문”임을 고백하고 있다. 그리하여 시인은 그가 그동안 느껴온 사랑과 그리움을 다음과 같은 짧은 시로 요약해서 보여주고 있다.

불혹에는 너무 혹해서 허무했고 그 후 내내 나는 도무지 고독했고 한 바퀴 돌아 귀가 순해질 때면 비로소 사랑하리라

초겨울 밤에는 둥지에 달빛이 고이는
별똥별처럼
눈이 멀고야 마는
—「사랑」 전문

아주 높이 굴뚝같은 마음으로 하늘길을 찾았습니다만 뭉글뭉글 지나가는 구름 근처에서 그 길을 잃고 말았습니다

잔뜩 목을 뒤로 꺾고 올려다보는 지상에서는 하루해가 짧았습니다
—「그리움」 전문

인생을 살다보면 누구나 한번쯤은 삶에 대한 아쉬움이나 후회의 감정을 느낄 수밖에 없다. 시인은 앞의 시 「사랑」에서 “불혹에는 너무 혹해서 허무했고 그 후 내내 나는 도무지 고독했고 한

바퀴 돌아 귀가 순해질 때면 비로소 사랑하리라"는 다짐을 하고 있다. 시의 내용으로 보면 불혹의 젊은 날에는 제대로 된 사랑을 못해보다가 이순이 되어서야 비로소 사랑을 해보겠다는 것은 어딘가 아이러니 하다. 하지만 이런 것이 사랑의 속성이다. 봄에서 가을에 이르는 따뜻하고 좋은 계절은 다 보내고 "초겨울 밤에는 둥지에 달빛이 고이는/ 별똥별처럼/ 눈이 멀고야 마는" 사랑을 해보겠다는 것은 아이러니하지만, 그 속에 사랑의 진실한 속성이 숨어있다.

'그리움'을 소재로 한 두 번째 시는 화자가 '연기'가 되어 찾아가는 그리움의 길을 보여준다. 화자가 가고 싶은 그리움의 길은 "아주 높이 굴뚝같은 마음으로" 찾아가는 '하늘길'이다. 그러나 그 길은 늘 현실보다 높은 곳에 있어서 "잔뜩 목을 뒤로 꺾고 올려다보"아야 하는 길이다. 그러므로 그리움은 끝끝내 해소되지 않고, 그리움을 찾아가는 하루해는 짧을 수밖에 없다. 어떤 관점에서 보면 시인이 시를 쓰는 일도 사랑과 그리움을 찾아가는 또 다른 행위이다. 시인은 지금도 시라는 깊은 잠에 빠져 "한 송이 꽃이 피었다가 지는/ 무궁無窮으로 가는 길"(「깜박 잠」) 위에 서 있다.

이상에서 살펴본 바와 같이 주영만 시인의 시는 일상과 자연이 만나는 길목에서 반짝이고 있다. 그의 시의 반짝임은 물을 닮아 있어서 물 흐르듯 변화무쌍하다. 그의 시가 불연속적 사유에 바탕을 둔 환유적 상상력을 보여주고 있는 것은 쉽게 어떤 결론이나 주제에 기울어지지 않는 텐션으로 작용한다. 그의 시의 또 다른 특징은 자연을 전경화함으로써 탈중심주의적 상상력의 일단을 보여주고 있다는 점이다. 이러한 시적 특성은 그의 자연을 닮은 순수한 성품과 무관하지 않다. 그러므로 그의 시에는 천상병을 닮은 천진성과 윤동주 시가 지니고 있는 염결성이 맑게 고여있다. 그러면서도 그의 시에는 사랑과 그리움을 향한 열정이 무궁無窮을 향해 열려있다. 그의 시는 열린 사고를 통환 환유 시를 지향한다. 그의 시에서 서사와 이미지가 어우러져 병치를 이루면서 단순하지 않은 환유적 긴장관계를 보여주는 것은, 그 이면에 숨은 의미를 암시해주는 기능을 숨기고 있어서 더욱 이채롭다. 그러므로 참으로 오래간만에 선보이는 그의 이번 시집이 시를 사랑하는 이들에게 좋은 전범典範이 되리라 생각한다.

주영만 시집

# 물토란이 자라는 동안

발　행 2021년 3월 10일
지 은 이 주영만
펴 낸 이 반송림
편집디자인 김지호
펴 낸 곳 도서출판 지혜 · 계간시전문지 애지
기획위원 반경환 이형권
주　소 34624 대전광역시 동구 태전로 57, 2층 도서출판 지혜 (삼성동)
전　화 042-625-1140
팩　스 042-627-1140
전자우편 ejisarang@hanmail.net
애지카페 cafe.daum.net/ejiliterature

ISBN : 979-11-5728-429-0 03810
값 10,000원

## 주영만

주영만 시인은 1957년 대전에서 출생했고, 1991년『문학사상』으로 등단했다. 2001년 시집『노랑나비, 베란다 창틀에 앉다』(시와시학사)를 출간했으며, 내과 전문의로서 현재 경기도 광명시 우리내과의원 원장으로 재직하고 있다.
주영만 시인의 두 번째 시집인『물토란이 자라는 동안』은 일상과 자연이 만나는 자리에서, 다양한 스펙트럼을 통해서 언어의 빛을 발산하는 과정에서 생성된다. 그의 시는 어떤 목적성에 매몰되어 있지 않고 신속한 결론에 도달하려는 조급성을 보여주지도 않는다. 그것은 그의 시의 바탕이 본질적으로 자연과 닮아 있기 때문일 것이다.『물토란이 자라는 동안』은 그의 시적 향일성이고, 존재의 가벼움이며, 시인과 물토란이 하나가 되는 진경眞景의 세계라고 할 수가 있다.

이메일 : ymjhoo@naver.com